어떤 시작을 할 때
'걱정'이 아니라
'기대'를 할 수 있길

평범히 살고 싶어
열심히 살고 있다

*이 책은 작가 특유의 문체와 화법, 띄어쓰기를 살렸습니다.

평범히 살고 싶어 열심히 살고 있다

지은이 최대호
펴낸이 임상진
펴낸곳 (주)넥서스

초판 1쇄 발행 2019년 8월 5일
초판 36쇄 발행 2023년 8월 5일

출판신고 1992년 4월 3일 제311-2002-2호
10880 경기도 파주시 지목로 5 (신촌동)
Tel (02)330-5500 Fax (02)330-5555

ISBN 979-11-90032-22-3 03810

이 도서의 국립중앙도서관 출판예정도서목록(CIP)은
서지정보유통지원시스템 홈페이지(seoji.nl.go.kr)와
국가자료종합목록시스템(www.nl.go.kr/kolisnet)에서 이용하실 수 있습니다.
(CIP제어번호 : CIP2019029220)

www.nexusbook.com

평범히 살고 싶어
열심히 살고 있다

최대호 지음

넥서스BOOKS

요즘 어때요?

잘

지
내
요
?

그냥, 그래요.

하루하루 열심히 사는데

행복하기는커녕 삶이 버거울 때가 많아요.

잘 해내고 싶은데 마음처럼 잘 안 돼요.

그래서 무던히도 제 자신을 괴롭혔어요.

다른 사람의 평가만을 의식하며

자신을

내버려 두지는 않았나요?

생각해보면

'이건 아닌데'라는 마음이 들어도

내 상황이나 기분을 헤아리기보다

다른 사람을 먼저 배려했어요.

나를 존중하지 않는 사람에게 마음 쓰면서

내가 행복해질 수 있는 일에는 점점 무뎌졌죠.

"오늘도 평범하게 잘 지냈나요?"라고
나 자신에게 물어보세요.
쉼이 필요하다고 느끼면 잠시 멈춰 서기도 하며
당신의 마음은 어떤지 헤아리기도 하면서
당신이 행복해지는 것들을 아낌없이 누리세요.

당신보다 소중한 건 없으니까요.

나는 나를 놓치고 살았다

평범하게 사는 게 쉬운 줄로만 알았습니다.
이렇게 치열하게 얻는 것인 줄 몰랐습니다.

행복하게 살고 싶어서
오늘을 행복하게 보내지 못했습니다.
걱정이 많아 스스로를 괴롭혔고
마음만 먹으면 할 수 있던 것을 많이 놓쳤습니다.

불안한 미래 때문에 열심히 해왔는데
불안감은 작아지지 않았습니다.

열심히 살아왔는데 행복하지가 않아서
행복이 뭔지 잊고 살았습니다.

그래서 생각해봤습니다.
'계속 이렇게 살아도 될까?'
그리고 나에게 다짐했습니다.

'미래를 위해 살지 말고 오늘을 살자.'
'다른 사람들 기준에 맞춰 사느라 너무 애쓰지 말자.'
'열심히 했으면 내 행복을 찾자.'

내가 그랬듯, 열심히 하루하루를 살아내지만
정작 자신을 놓치며 사는 사람들이
행복해졌으면 하는 마음으로 이 책을 썼습니다.

잘하고만 싶어서 지쳐버린 당신에게
이 말을 꼭 해주고 싶습니다.

무언가를 열심히 한 뒤에 해야 할 일은
다음 할 일을 정하는 게 아니라
나를 행복하게 해주는 거라고요.

최 대 호

Contents

1 ———— 당신을 놓치고 살지는 않았나요?

2 ————억지로 사랑받으려 애쓰지 않았나요?

3 ———— 행복을 만날 준비가 되었나요?

1부 _____ 당신을

놓치고 살지는

않았나요?

잘 해낸 하루

죄송하지 않은 일에
죄송하다고 말하고

가능하지 않은 일을
가능하게 하느라

오늘도 고생했어요.
정말로 잘 해냈어요.

잘 버텨냈어요.

자존감에 대하어

대단한 일을 하지 않았어도
특별하지 않고 평범해도
어쩌면 못하는 게 많아도
나 자신에게 사랑을 많이 주는 것.

이 말을 한 단어로 줄이면
바로 '자존감'이에요.

아무것도 이루지 못했을 때
그래서 너무 불안할 때
그때부터 사랑해주세요.

성과로 자신을 판단하지 마세요.

해보지도 않고 안 될 거라고
생각하지 말아주세요.

무언가를 해보려고 할 때
가로막는 사람이 나 자신이라면
너무 안타까운 일이잖아요.

큰 성공을 이뤘을 때만
칭찬하고 아껴주는 건

나를 사랑하는 게 아니라
결과를 사랑하는 거니까요.

성장

어른이 된다는 것은

나를 아프게 하는 사람 곁에

더는 서성이지 않는 것.

어딜 가든

당신은
어디에서나 적응을 잘하지 못하는 사람인가요?

그렇다면 지금 일하는 곳이
조금 힘들어도 견뎌봐요.
안 맞는 것을 맞춰보려고 노력하다 보면
그 안에서 만족과 성장을 얻을 수 있을 거예요.

하지만 당신이 평소 문제없이
사람들과 지내는 편인데
지금 있는 곳이 심적으로 매우 힘들다면
나오는 것을 고민해봐요.

왜냐하면 지금 힘든 원인이
당신에게 있지 않기 때문이에요.

일하는 곳이라고
다 마음 다치고 스트레스로
하루하루 버티기 힘들지는 않아요.

생각이나 행동이 정상적이지 않은 사람과
시간을 보내는 것은 결코 좋은 성장이 아니에요.

마음 아파하면서 버티는 건 하지 마요.
어딜 가든
무얼 하든
행복할 자격이 있는 당신이니까요.

나 챙기기

다른 사람 신경 쓰지 않고

내 마음대로만 하는 것은

정말 잘못된 행동이에요.

그런데 다른 사람 때문에

내 마음을 신경 쓰지 않는다면

잘하고 있는 걸까요?

그동안 다른 사람 생각하느라 배려하느라

내 마음이 너무 힘들었는데

이제는 그렇게 하지 않으려고요.

내가 나를 제일 많이 챙기려고요.

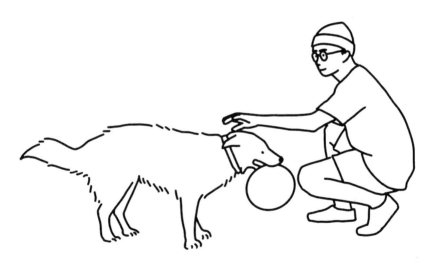

요즘

우는 날보다

웃는 날이 많으면

그걸로 됐다.

상처받아도 되는 사람은 없어요

다른 사람에게는 함부로 못할 말을
나 자신에게는 함부로 하는 사람이 있어요.

혼자 자책하며
작아질 대로 작아지고
한없이 어두운 곳으로
들어가려고만 하죠.

이제는 그렇게 하지 않았으면 좋겠어요.

세상에 상처받아도 되는 사람은 없고
아파도 되는 사람도 없어요.

당신은 소중해요.

가장 먼저 나 자신을
소중하게 대해주고 칭찬해주면
다른 사람도 그렇게 생각해줄 거예요.

그런데 사실 다른 사람은
그렇게 중요하지 않아요.

내가 나를 아껴주기만 한다면
내가 나를 사랑할 줄 안다면.

살아볼래

살면서 힘든 순간이
수백 번 온다 해도

그 수백 번에 딱 한 번 더

힘내서 살아볼래.

혹시 당신의 이야기는 아닌가요?

자주 누군가와
나를 비교하나요?

내 장점은 덮어둔 채
단점만 생각하나요?

실패한 것을 잊지 못하고
끙끙대지는 않나요?

지나간 날에
얽매여 있지는 않나요?

매번 '나는 안 돼'라고
생각하지 않나요?

지나치게 남의 평가를
의식하지는 않나요?

다가오는 행복들을
하찮게 보지는 않나요?

지금까지 잘 해온,
앞으로도 잘 해낼 당신은
이런 자존감 무너지는 생각을
하지 않았으면 해요.

같은 한마디

사람 마음이 참 웃깁니다.
응원의 한마디는 '고마워' 정도로 넘기는데

안 좋은 말 한마디는
마음속에 스펀지처럼 잘도 흡수해서
기분 좋았던 하루를 망쳐버려요.
같은 한마디인데 말이에요.

제가 쓴 글 중에 이런 말이 있어요.

"나는 왜 응원하는 큰 소리에는
힘을 내지 못했으면서
나를 비난하는 작은 소리에 주저앉고 아파했을까?"

물론 내게 하는 말이었어요.
응원의 소리는 크고 비난의 소리는 작았는데도
무너지고 아파하는 나를 보면서

이제는 그러지 말자.
그 말을 마음속에 받아들여서
스스로를 괴롭히지 말고
약해지지도 말자고 다짐했죠.

내 삶에 도움되지 않는 말들
나를 잘 모르는 사람이 하는 말들
잘 가고 있는 나를 흔드는 말들.

이제 그런 말들을 들어도
어느 정도 담담하게 행동하고
어떨 때는 단호하게 튕겨낼 줄도 아는
당신이 됐으면 합니다.

앞으로

지금까지 이룬 게 없다는
생각이 들어도 슬퍼하지 말아요.

당신은
아무것도 한 게 없는 사람이 아니라
앞으로 뭐든 할 수 있는 사람이니까요.

설레는 삶,
마음 뛰는 내일을 만날 거예요.

잘 해봐요 우리

걱정 많이 했고
너무 두려웠고
도망치고 싶었죠.
하지만 한번 멈춰 서서 돌아봐요.

당신은 그렇게 하지 않았어요.
당신은 꽤 잘 해내고 있었죠.

나 자신에게 잘했다고 해주세요.
앞으로도 잘 해보자고 해주세요.

좋은 지적

그냥 당신이 뭘 해도 싫고
마음에 안 드는 사람은
좋은 말은 전혀 해주지 않으면서
지적만 할 거예요.

그 사람은 매번 본인의 지적을
"다 너 잘되라고 하는 말이야"라고
포장하면서 말이죠.

그런 말에 속지 마세요.

정말로 잘됐으면 하는 마음이 있다면
지적을 할 때,
칭찬과 지적을 번갈아 가면서 해줄 거예요.

따끔한 지적만큼
따뜻한 칭찬도 필요해요.

사람이 살아가는데
인정은 너무나 중요합니다.

그린 모습

배울 점이 있는
'모습'을
갖춘 사람을 만나세요.

가르치려는
'말투'만
있는 사람 말고.

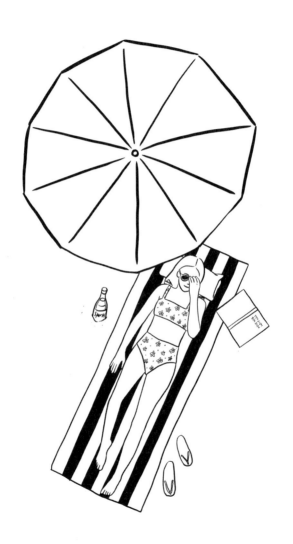

예쁜 하루

걱정하다가

우울해하다가

너의 예쁜 하루가

다 가잖아.

몰랐던 것

내가 어렸을 때
아버지는 바깥일로 바쁘셨고
어머니는 집안일과 생활비를 걱정하셨다.

아버지는 항상 피곤해 보였고
어머니는 근심이 많아 보였고
아무것도 아닌 일로 가끔 말다툼도 하셨다.

그때는 몰랐다.

뭐가 그렇게 힘드신지
무슨 생각이 그렇게 많으신지
왜 그렇게 자식들에게 공부하라고 하시는지.

이제는 조금 알 것 같다.

회사에서 조금 안 좋은 말을 들으면

하루의 기분이 다 망가지고
집에 들어갈 때 티를 안 내려고 해도
가족들은 다 눈치를 챈다.

회사 일이 힘들거나
동기나 후배가 나보다 잘한다는 생각이 들면
내 모습이 너무 작아 보이고
버티기 힘든 삶의 무게가 느껴졌다.
아버지의 길을 걸어가면서
아버지가 왜 내게 그런 말들을 하셨는지
조금은 이해할 수 있었다.

아버지는 본인처럼
자식들이 고생하지 않았으면 하는 마음에
공부하라고 잔소리를 하셨다는 걸.

어머니는 우리를

남부럽지 않게 키우고 싶었는데
마음처럼 다 해주지 못하셨다는 생각에
많이 버거워하셨다는 걸.
어른이 되어보니 이제서야 조금 알겠다.

우리 부모님
정말 외로우셨겠구나.
가끔 도망치고 싶으셨겠구나.

이제야 조금씩 이해가 된다.

지금의 나도
그럴 때가 있으니까.

마음 쓰지 말아요

작은 일에 아파하지 말아요.

자책하고 울지 말아요.

소중하고 예쁜 사람,

너보다 중요한 건 없으니까요.

당신 것

하고 싶은 대로 해요.

어떤 대단한 사람의 조언도
아무리 따뜻한 위로의 말도
당신의 마음을 다 알 수는 없어요.

질척거리고 싶거나 포기하고 싶거나
도망치고 싶거나 악착 같아지고 싶거나
끊어내고 싶거나 이어가고 싶거나
다 당신이 하고 싶은 대로 해요.

당신의 선택이
누가 봐도 틀렸을 수도 있어요.

스스로 이건 아닌 것 같다는
생각이 들 수도 있어요.

그래도 괜찮아요.

당신 삶이에요.

후회도 남고 배움도 얻으며

그렇게 그렇게

더 좋은 사람이 되는 거예요.

속이지 말자

나를 속이지 말자.

내 마음을 속이지 말자.

내 기분을 속이지 말자.

내 하루를 속이지 말자.

내가 나를 속이지 말자.

이 말들

짜증 나.

망했어.

안 할래.

예쁜 네 입에서 나와도
하나도 안 예쁜 말들.

마음먹어요

당신은 동의한 적 없는데

당신을 감정 쓰레기통으로

생각하고 사용하는 사람들을

이제는 받아주지 않아도 돼요.

나를 생각하기

넘어져도 사랑해주고

실수가 잦아도 아껴주세요.

세상에 하나뿐인 '나'잖아요.

진실한 사랑을 주면

잘될 수밖에 없어요.

차올랐다

그럴 수 있다고

이해하고,
이해하고,
이해하고,

참기만 하다 보니
내 마음에 행복 둘 곳이 없었다.

이해가 되지 않는 것을 이해하지 않고
날 아프게만 하는 사람을 끊어버리고 나니
내 마음에 조금씩 행복이 차올랐다.

네 생각

아무리 세세하게 설명해도
듣는 사람은 당신이 겪은 모든 걸 알 수 없어요.

하나하나 감정을 모두 표현해도
듣는 사람은 당신이 지나온 날들을 알 수가 없어요.

당신 생각대로 해요.

과거의 모든 순간은
당신만이 알고 있고
주변에서 무슨 말을 해도
당신 마음은 정해져 있잖아요.

당신이 가는 길이 맞아요.
도착해보니 원하지 않았던
목적지여도 당신이 맞아요.

가보지 않는다면
당신 자신을 속이는 선택을 하는 거니까요.

가면서 행복한 길
가지 않았으면 후회할 길
당신은 걸을 자격이 있고
아무도 응원하지 않는다고 해도

그게 당신의 길이에요.

선택에서

중요한 선택이든

일상적인 선택이든

'내 마음, 내 기분'이 빠져서는 안 돼요.

당신 삶은 당신 거예요.

몰랐다

아프고 힘들 때
평소보다 더 씩씩한 척하면
내 마음이 버티기 힘들어져요.

아프고 힘들 때
기분대로 울어버리면
나와 내 주변 사람들이 무너져요.

그래서 아플 때마다
이게 당연한 거라고
나만 이런 게 아니라고 생각해버렸어요.

아픈 나를
내가 보듬어줘야 하는데

그게 가장 좋은 방법이었는데
나는 그걸 몰랐어요.

내 마음을
내가 너무 몰랐어요.

나의 계획들

퇴근 후 집에 가면서 했던
이런저런 계획들이 무너지면 좀 어때요.

긴 하루를 보내고 왔으니
지치고 힘든 게 당연하잖아요.

마음이 편하고
아무것도 하지 않아도 행복한 지금,

그게 바로
좋은 게으름입니다.

응원해

요즘 고민 많죠?

생각대로 잘 안 되고
좋게 생각하려고 해도
답답한 일도 많아서.

그래도 해보는 거예요.
잘될 거예요.
당신을 믿어 봐요.

앞으로 힘든 일도 있겠죠.
근데 좋은 일이 더 많을 거예요.

힘들고 하기 싫은 일만 해서
자존감이 낮아졌어도
스스로 잘했다고 말하면
길었던 그 시간 보상받을 날이 곧 올 거예요.

당신을

응원하는 사람이 많다는 걸

잊지 말아요.

믿어봐요

인생에는 정답이 없어요.

그 말을 반대로 하면
당신의 판단으로
하고 싶은 대로 하는 것이

절대 틀리지 않다는 거예요.

어떡하겠어요.

우울할 때는
우울함 속에 있어도 돼요.

그래도 오늘은
어제보다 덜 아프길 바랄게요.

혼자가 익숙해질 때

혼자 있는 것에 두려움을 느끼는
사람들이 많은 것 같아요.

혼자 강연 듣고
혼자 영화 보고
혼자 밥을 먹는 것이
익숙하지 않고 조금은 부끄러워서
아예 시도를 하지 않는 거죠.

그런데 혼자 하는 어떤 시간들은
그 일에 대해 차분하게 생각할 수 있는
마음의 여유와
오롯이 집중할 수 있는 시간을 만들어줘요.

친구와 있다면
친구의 이야기를 들어야 하고
친구가 원하는 것도 해봐야 하고

체력적으로도 더 소비가 되면서
깊게 집중할 순간조차 없어져요.

가끔은 혼자서 시간을 보내 보세요.
혼자 있는 것이 더는 외로움이 아닐 때
나 자신을 더 잘 알게 되는
경험을 할 수 있을 거예요.

그 시간들을 통해
자신이 생각하지 못했던 다른 것을 보게 되면서
시야가 넓어지는 경험을 할 수 있거든요.

혼자 보내는 시간은
막연한 걱정을 덜어주고
놓쳤던 마음의 여유를 찾게 해줄 거예요.

다 놓아버리고 싶을 때

너무 지쳐서 더 해볼 힘도 없고
모든 게 질려버려서
다 놓아버리고 싶을 때가 있어요.

그럴 때 가장 필요한 것은
자신의 마음을 객관적으로 들여다보는 거예요.
지금 마음이 순간적인 감정인지
진짜 당신의 마음인지.

정말 다 놓아버리고 싶은 거라면
첫 번째 방법은 하고 싶은 대로
다 놓아버리는 거예요.

하지만 그 방법은
현실적으로 어려움이 있을 수 있죠.

그럴 때 택할 수 있는 두 번째 방법은
자신이 좋아하는 것을 많이 해주는 거예요.

여행을 가든 쇼핑을 하든
연락을 다 끊고 혼자만의 시간을 갖든
자신이 가장 편하고 아무 생각 없이
행복을 느낄 수 있는 것들을 해보는 거예요.

단, 좋아하는 것을 할 때는
현재 자신이 가진 고민과
다 놓아버리고 싶은 생각이 들게 하는 것들을
떠올리지 않도록 노력하는 것이 중요해요.

어쩔 수 없이 떠오르겠지만
그 생각들을 꾹꾹 누르고
지금 자신 앞에 주어진 행복에만

집중해야 제대로 쉴 수 있으니까요.

휴가를 가서도
걱정거리를 그대로 가져오거나
일 생각을 하는 사람들이 많은데

그렇게 되면 제대로 된 휴가도 아니고
제대로 된 일을 하는 것도 아니에요.
완전한 충전이 불가능하죠.

자신 앞에 놓인 행복들을 만나면서
그 시간들을 마냥 편하게 보내면

내 몸과 생각은 충전되고
충전 후에 문제들을 바라보면

지쳤을 때만큼의 무게는 아닐 수 있어요.

마음과 몸이 편안해졌을 때
다시 상황을 바라보는 거예요.
이렇게 충전을 했는데도
여전히 견디기 힘들 만큼 버겁다면
놓아버리는 게 맞아요.

아닌데 계속 잡고만 있다면
'나 자신'을 생각하지 않는 거니까요.

마음이 괜찮아지고도
놓아버리고 싶은 생각이 든다면
나에게 문제가 있다기보다
환경이 정말로 잘못되어서 그런 것일 수 있어요.

누가 봐도 아닌 상황.
누구여도 못 참을 상황처럼요.

너무 힘들 때 꼭 재충전하고 나서
몸과 마음이 정말 괜찮아지고 나서
나를 바라보기 바라요.

이런 과정 없이 가장 힘들 때
모든 것을 놓아버린다면 나중에 안정이 됐을 때

'그때 너무 섣불렀다', '너무 성급했다'는
후회가 남을 수 있기 때문이죠.

큰 결정을 하기 전에는

나 자신을 꼭 괜찮게 만들어주세요.

내 편이 있어서 좋을 때

뭘 해도 '내 편'이 되어주는
사람이 있다는 것은 정말 큰 선물이에요.

힘든 일이 있었을 때
잘잘못을 따지기보다
괜찮다고 말해주는 사람,

억울한 일이 있을 때
말이라도 "내가 혼내줄게"라며
내 마음을 풀어주려고 하는 사람,

감정 조절이 잘 안 될 때
똑같이 맞받아치기보다
내 기분을 먼저 헤아려주는 사람이 있어서
힘들어도 견딜 수 있나 봐요.

이유가 없어요

꽃은 그냥 꽃이라 좋고
바다는 그냥 바다라서 좋고
달은 그냥 달이라 좋은 거예요.

다른 사람에게 어울리는 사람이 되려고
자신을 포장하지 마세요.

당신은 그냥 당신이기 때문에 특별한 거예요.
때로는 실수도 하고 가끔은 외롭기도 하고
조금은 부족한 면도 있지만
당신이 소중한 건 변함없어요.

'내 사람'을 만나요

'내 사람'을 만나요.

매일 힘들다고 투덜대고
불평을 늘어놓는 것은

무거운 돌을 들고 와서
같이 들자고 하는 것과 같아요.

처음에는 같이 들 수 있지만
이런 일이 매일매일 반복되면
마음이 변해서라기보다는
지쳐서 같이 들기 힘들거든요.

당연히 가끔은
힘듦을 기댈 수 있겠죠.

하지만 매일 당신을 힘들게 하는 사람과는
거리를 두세요.

아끼는 '내 사람'에게
자주 주어야 할 것은
무겁고 어두운 돌이 아니라

가볍고 예쁜 꽃 같은
좋은 이야기가 아닐까요.

2부 _____ 억지로

。

사랑받으려

애쓰지 않았나요?

인정하기

세상일 어느 것 하나 도통 쉬운 게 없어요.
하지만 당신은 겨우겨우이든
꾸역꾸역이든 항상 해내고 있어요.

당신은 제일 먼저 당신을 인정해줘야 해요.
스스로 대단하다고 느껴야 한다고요.

그런 사람

너무 많다.

무례하게 말 해놓고
그게 자기는
솔직한 건 줄 아는 사람.

적당한 분리

나는 불면증이 없어요.
어릴 때부터 핸드폰을 손이 닿지 않는 곳에
놓고 잠을 잤기 때문이죠.

핸드폰이 바로 옆에 있으면 잠에 집중하지 못해요.
잠이 안 온다는 핑계로 핸드폰을 하면
오던 잠도 달아나거든요.

우리 삶도 '분리하기'와 '온전한 집중'이 필요해요.
퇴근 전과 퇴근 후를 분리하는 것처럼 말이에요.

퇴근 후에도 일 생각을 하면서
잠들기 전 쉴 수 있는 시간을 망치면
온전히 자신이 누릴 수 있는 시간에 소홀해지거나
때로는 가족에게 신경질적으로 대하게 돼요.

퇴근하고 집에 들어오면 일은 생각하지 말아요.
퇴근 후에는
오롯이 자신에게만 집중하는 거예요.

너무 긴 하루였잖아요.
집에 와서도 일 생각을 하기엔
당신 하루가 너무 짧아요.

회사에서는 다른 생각으로 집중도 못 하고
집에서는 쉬지도 못 하고 일 생각으로 힘든 것,
이제 그만 해보는 게 어떨까요.

잠들기 전에 핸드폰을 멀리 두는 것처럼
소중하게 주어진 당신만의 시간에는
행복을 위한 생각만 하기로 해요.

그대로

지금 당신 모습 그대로
사랑받으려 노력할 것.

아무것도 하지 않아도
웃어주는 사람을 만날 것.

인연은 어렵게 다가오지만
자연스럽게 자리 잡는 거니까.

마음 쓰기

우리 마음에는 한계치가 있어요.
그 에너지를 걱정하는 데 쓰면
소중한 것에 쓸 마음이 없어져요.

그러니까 좋은 것만 생각하기로
예쁘고 중요한 것에 많이 쓰기로 해요.

내 길 가기

뒤에서 자신을 안 좋게
말하는 사람들이 있다면

처음엔 어렵겠지만
사실이 아니니까
반응하고 동요하지 마요.

당신을 아는 사람들은
진실이 무엇인지 다 알고
당신을 아끼는 사람들은
언제나 당신 편이니까요.

오히려 뒤에서 얘기하는 그 사람은
사실도 아닌 이야기를 뱉고 나면
얼마나 마음이 공허할지.

인생의 즐거움이
그저 남 욕하는 것뿐인
그 사람들을 불쌍히 여겨요.

"내가 얼마나 잘하고 있길래
질투를 다 할까"라고 생각하고
하던 대로 하면 되는 거예요.

잃지 마

해보지도 않고

너를 알지도 못하는

사람들의 말에 속아

너를 잃지 마.

어울려

그거 알아?

넌 행복한 게 어울려.

그런 하루

내일은

어딜 가든 예쁨받고

누구에게나 칭찬받고

뭘 먹어도 맛있는

그런 하루가 될 거예요.

많이 말해주기

잘했다는 말을
나 자신에게 많이 해주세요.

진짜 잘했을 때도 말할 수 있고
조금 못했을 때도 할 수 있겠죠.

정말 잘했을 때는
최고의 칭찬이 되고

조금 못했을 때는
앞으로 잘 해낼 힘을 주니까요.

언제든 할 수 있는 말이예요.

많이 해주면 해줄수록
스스로가 만족스러운
삶에 가까워질거라 믿어요.

말에는 힘이 있으니까요.

할 수 있다고

내가 당신을 만나면

당신은 생각하는 것보다 강하다고

지금의 어려움을 이겨낼 수 있다고

다 잘될 거라고

모든 응원을 전해줄 거예요.

나중에 당신도

주변 사람이 힘들어할 때

이렇게만 말해주세요.

"나도 정말 힘들었는데 다 됐어요.
 그러니까 당신도 할 수 있어요."

살아내기

기쁠 때 만족하는 마음을 갖되
너무 들뜨지 말 것.

안 좋을 때 반성은 해야겠지만
우울함이 너무 깊어지게 하지 말 것.

이런 마음가짐으로
하루하루를 살아낼 것.

갈래길

동료나 친구를 보고
과거의 자신을 보고
두 가지 생각을 할 수 있어요.

첫 번째는 "나도 할 수 있어."
두 번째는 "내가 그렇지 뭐."

그 두 가지 방향 중에서
어느 쪽으로 가느냐는 온전히 당신의 선택이에요.

두 가지 길 중
어떤 길도 자유롭게 갈 수 있어요.
자격이나 노하우는 전혀 필요 없죠.

그런데 우리는 첫 번째 길인
'나도 할 수 있어'의 길로
가는 걸 두려워해요.

두 번째 길이 더 익숙하기 때문이죠.

'난 안 돼'의 길은 평평하며 편안해요.
익숙한 길이라 마음도 편하죠.

'할 수 있어'의 길로 가면
도착하는 데까지 오래 걸리고
오르막 내리막을 견뎌야 해요.
하지만 도착지는 결국 더 나은 삶이에요.

당신은 어느 길로도 갈 수 있어요.
익숙하지 않아서 그렇지
사실 당신은 다 할 수 있고
다 될 수 있어요.

너는 너만 생각해

나보다 좋은 상황에 있는 사람을 보고
자극을 받기도 하고
나보다 안 좋은 상황에 있는 사람을 보고는
위안을 받기도 해요.

하지만 이런 마음들이 매일이 되어서는 안 돼요.
다른 사람보다 '내 생각'이 우선되어야 하거든요.

내가 어디까지 가고 싶은지
나는 매일 얼마나 가고 있는지
내 목표와 하루의 노력에 집중해야 해요.

내 옆에 가는 사람 중에
말도 안 되는 속도로 가는 사람도 있고
지나치게 느린 속도 가는 사람도 있을 거예요.
그런 거 신경 쓰지 마요.
나 자신만 생각하면 돼요.

내 실력과 환경을 고려한
속도로 조금씩 나아가면 돼요.

느리다고 틀린 건 아니잖아요.
빠르다고 꼭 잘한 것도 아니고요.

너의 노력과
고민이 들어간 걸음들은
정말 행복한 곳으로
널 데려다줄 거예요.

예뻐요, 어디서도

집 앞 분리수거 하는 곳에
벚꽃 나무가 있는데
어제 보니 꽃이 예쁘게 피었어요.

비록 쓰레기 버리는 곳에 피었지만
멋진 벚꽃길에 있는 것과 다를 바 없었어요.

당신도 그래요.
비록 지금은 힘든 곳에 있을 수도
어려운 상황에 놓여있을 수도 있지만
예쁘게 태어났기 때문에
지금도 너무 예뻐요.

이 말 꼭 기억했으면 해요.
예쁜 건 어디에 있어도 예쁘다는 것,

그리고 정말로 좋은 내일은
꼭 온다는 것.

'내 사람' 구별하기

아픔을 말하기는 쉽지 않아요.
절대 아무에게나 말할 수 없죠.

말하는 사람도 그 기억에 힘들고
듣는 사람까지도 무게가 느껴져서
부담이 될 수 있기 때문에.

이렇게 꺼내기 어려운 말을
가끔 주변 사람에게 털어놓을 때가 있어요.

이 과정을 통해 정말 '내 사람'인지
아니면 그냥 지나갈 사람인지
알 수 있어요.

지나갈 사람들은
아픔을 다 듣고
약점으로 돌려줄 것이고

'내 사람'은
위로로 대답해줄 거예요.

어려움을 함께한다는 것
약점을 잡지 않고 따뜻하게 안아준다는 것
이것이 오랜 시간 나와 통할 사람이
가진 특징들이에요.

자연스러운 것

욕심부리지 말아요.

빨리 가려고 하지 말아요.

하나를 이루고 나서 해야 할 일은
바로 그다음 것을 생각하는 게 아니라

잘 해낸 자신을 쉬게 해주고
고생한 마음을 알아주는 거예요.

최고가 되면 좋겠죠.
1등이 되면 좋겠죠.

그런데
하루아침에 이루어지는 게 아니잖아요.

'어제의 나'보다 나아지고
'예쁜 오늘'을 잘 보내면

좋은 내일과 멋진 결과는
자연스럽게 따라오는 거예요.

늦었다고 생각될 때

18세가 생각한다.
나는 내신도 안 좋고 수능 점수도 낮으니
좋은 대학 가서 잘 살기는 틀렸다.

23세가 생각한다.
그저 그런 대학 나왔고 잘하는 것도 없고
난 틀렸다.

26세가 생각한다.
겨우 취업했는데 회사도 작고
성공하기는 틀렸네.

30세가 생각한다.
지금까지 모은 돈도 없고 경력도 없는
난 틀렸다.

35세가 생각한다.

이 나이에 뭘 시작해. 이렇게 사는 거지,

난 틀렸어.

이런 생각에 공감하나요?

80세 노인은

60세를 보고 좋을 때라고 합니다.

60세는 40세를 보며

뭐든 할 수 있는 나이라고 합니다.

40세는 20세를 보며

내 모든 재산을 주고도 바꾸고 싶다고 합니다.

반대로 100세 노인은
80세 노인을 보고 젊다고 생각하겠죠.

우리가 뭘 할 수 있는 나이
늦어서 안 되는 나이는 없어요.

내가 하기로 마음먹고 해보려는 의지가 있고
이뤄나가려는 계획이 있다면

완벽하게 성공을 해내고
대단한 부를 얻지 못해도
전보다 분명 괜찮은 사람이 될 수 있어요.

우리 타임머신을 타고 5년 전으로 가봐요.
그때 당신이 뭔가를 하고 싶었는데 그 일을 하기에는
너무 늦었다고 생각해서 포기한 적이 있나요?
5년이 지난 지금도 그때가 너무 늦은 때라고 생각하세요?

그게 아니라면

'지금' 하고 싶은 것들

'지금' 하세요.

한마디

예민하다고 하지 마요.

참다
참다
참다
참다

지쳐서
지쳐서
지쳐서
지쳐서

힘들어서

힘들어서

힘들어서

한마디 꺼낸 거니까요.

표현하세요

고마우면 얼마나 고마운지

행복하면 얼마나 행복한지

사랑하면 얼마나 사랑하는지

또 힘들면 얼마나 힘든지

자세하게 표현해주세요.

그래야,
관계에서 나오는 페이지가 풍성해지니까요.

단순하게 생각하기

지금 하는 것이
네가 하고 싶은 것이고

지금 가는 길이
네가 가고 싶던 길이라면

보이지 않는 앞날이
걱정으로 가득 차 있을지라도

네가 할 일은
당장 오늘 주어진 것만
생각하면 되는 거예요.

너의 확신을 의심하고
보이지 않는 미래를
계속해서 불안해하면
나아갈 수 없어요.

오늘 일들을 잘 해내고
다음 주에는 그때 해야 할 일들 해내면서
그렇게 노력한 날들이 다 모이면

분명 실력이 쌓여있을 거예요.

예쁜 거 보고 가세요

어느 집 앞에 화분이 있었죠.

그 위에는
'예쁜 거 보고 가세요'라고 쓰여 있었어요.

기분이 좋아졌어요.
지나가는 사람들을 위해
정성을 심어놓았기 때문이죠.

당신께 말해주고 싶어요.
갈 길은 아득히 멀고
주위를 둘러볼 여유조차 없다고 느끼겠지만
예쁜 것, 좋은 것 보면서 가면
도착은 조금 늦어도 기분 좋게 닿을 수 있다고

사실 그건 늦은 것이 아니라고.

과정이 행복했기 때문에

둘러보며 가는 것의 기쁨을 터득했기에.

할 일

옆에서 누가 잘하고 있다면

질투를 할 게 아니라

박수를 보내는 게 맞고

"나는 지금까지 뭐 했지"라고

생각할 게 아니라

뭘 할 수 있는지를 생각하면 돼요.

다른 사람의 미움이 두려울 때

모든 사람에게 사랑받으려는 건 욕심이에요.

내가 아무리 잘해도
나를 미워하려고 생각하는 사람은
결국 나를 미워한다는 것.

'내 사람' 1명에게 받는 사랑이
얄팍한 100명에게 받는 사랑보다 큰 것임을 알 것.

모두에게 사랑받으려고 노력했던 '나'는
진짜 내가 아님을 알 것.

누군가에게 미움받고
또 누군가에게 사랑받는 것은
지극히 정상적임을 알 것.

내 곁의 사람이 아니라
지나갈 사람이 주는 사랑은
얼마 못 가서 사라질 뿐이라는 것.

누가 나를 미워하면 아파할 게 아니라
'나랑 안 맞는구나'라고 여길 것.

또 모두를 사랑하려 하지 말 것.

항상 목말랐다

사람들의 인정에 너무 목말랐다.

인정받지 못하면
원하던 결과가 나와도
잘하지 못한 것처럼 느껴졌다.

자꾸 남에게 보여주고 싶었다.
잘한 것을 티를 내고만 싶었다.

인정받고 싶어서
잘했다는 말을 듣지 못하면 괴로워하며
지금까지 그렇게 살았다.

숨을 고르고 난 지금에서야
보이는 것이 한 가지 있다.

남에게 인정받는 것만큼
내가 나를 인정하는 것도 중요하다.

잘했으면 나에게 잘했다고 해주자.
못했으면 다음엔 잘하자고 해주자.

내가 나를 인정하고
내 것에 몰두해 있으면
남이 해주는 인정은
원하지 않아도 따라오는 것이니까.

3부 _____ 행복을

만날 준비가

되었나요?

별 거 있나요

좋은 사람들과
낭비한 시간이

바로 행복이에요.

오늘의 뜻

오늘은 괜찮았나요?

지루하고 힘들기만 했다면

'오늘'을 '미래'를 준비하는

시간으로만 여기고 있을지 몰라요.

'오늘'은 '미래'를 위해서

참고 견디며 지나가는 시간이 아닌

지금 자체로 행복할 순간입니다.

오늘 새벽

혼자만의 시간에 오롯이 빠져들 수 있는
나는 새벽이 좋아요.

매일 바쁘게 사는데 정작 나를 놓치고 살고 있다면
자신이 좋아하거나 편안해지는 곳에서
생각을 넓히는 시간을 가졌으면 해요.

누구는 이렇게 말할 수 있어요.
"너는 프리랜서고 작가니까 할 수 있지
 직장인인 나는 안 돼."

나도 치열하게 회사생활을 했어요.
다음 갈 곳이 정해지지 않은 상태에서 그만두는 것은
힘든 선택이었고 아직도 결코 쉽지 않았죠.
경험했기 때문에 알고 있어요.
거창하게 뭔가를 결정짓지 않아도 돼요.
작은 것부터 시작해봤으면 해요.

144

회사원으로 매일 똑같은 생활에 지쳐 있다면
주어진 일에 맞춰서만 살고 있다면
생각 넓히기를 통해
'내일은 꼭 부모님에게 전화해야겠다',
'다음 달에는 기타 학원을 꼭 등록해야겠다'처럼
당장 시작할 수 있는 일에 동기부여를 할 수 있어요.
마음먹는 것만으로 쳇바퀴 돌던 일상에서
조금 더 좋은 나로 가지를 뻗는 거죠.

'내 일상이 이렇지 뭐'라고 생각해버리면
정말 그런 삶에 갇혀버리게 돼요.
놓쳤던 것들을 시작하면 긍정이 차오르고
그런 마음이 유지되면 생각지도 못했던
도전도 할 수가 있고
실패해도 우울함에 갇히는 게 아니라
의연하고 대담하게 살아낼 수가 있어요.

만약 회사를 그만둬 버린 상황이어도

'내가 갈 곳이 없냐? 이렇게 잘하는데'라고 생각하는 것과
'나 진짜 큰일 났다. 난 끝났어'라고
생각하는 것은 하늘과 땅 차이예요.

멋진 생각과 자신감에 찬 마음은
안 될 것도 되게 하잖아요.
형식적으로 '잘 될 거예요'라고 말하는 게 아니라
모르는 사람이라고 편하게 말하는 게 아니라
나는 이런 마음으로 살고 있고
내 가족에게도 똑같이 말해줬을 거예요.

오늘 새벽은 내게 너무 큰 선물을 줬어요.
시야가 좁았는데 새벽이 내 옆구리를 툭툭 치면서
더 좋은 삶이 되도록 힌트를 주는 것 같아요.
잘하는 사람보다 열심히 하는 사람이 되고 싶어요.
모든 삶에서 마주하는 것들에 열심히 즐기는 사람은

지금은 어려워도 수도 없이 만나야 하는 큰일들을
점차 지혜롭게 해결해 나갈 수 있어요.
너무 불안했던 내 삶이 이제는 불안이 아니라
정말 기대가 되는 날이 올 거라 믿어요.

좋은 사람

사람은 원래
비슷한 사람끼리 만나요.

당신 주변에 좋은 사람들이 많다면
'난 인복이 많구나'가 아니라
'나도 좋은 사람이구나'라고 생각하세요.

당신이 좋은 사람이라서
좋은 사람들과 친해질 수 있었고

당신을 아는 사람들은
당신 덕분에 오늘도 행복했거든요.

좋은 이기심

오늘 힘들었으니
내일은 행복했으면

오늘 행복했으니
내일도 행복했으면

이렇게
행복 앞에선 얼마든지
이기적이어도 좋습니다.

망각

인간은 참
고통을 쉽게 잊어요.

월 · 화 · 수 · 목요일
얼마나 길었는데

"벌써 금요일이다"라고
해맑게 말하는 걸 보면.

안아주세요

절대로 나빠지기만 하는 삶은 없어요.

만약 네 삶이 늘 아프기만 했다면
행복이 왔을 때 돌아보지 못해서 그래요.

아픔이나 불안은 조금만 다가와도
너무 크게 느껴지는데
행복이나 만족이 다가오면
별 반응하지 않고 넘겨버려서.

우리 대부분은
"내년엔 무슨 일을 하고 10년 뒤엔 뭐 먹고 살아야 되지?"
라고 생각하지,

"내년엔 어떤 좋은 일이 있을까?"
"10년 뒤엔 내가 얼마나 행복한 모습일까"
라고 생각하지 못하거든요.

긍정은 어렵게,
부정은 쉽게 떠올려서 그래요.

쳇바퀴 같은 일상에서
조금 나아지고 희망이 보일 때
"이제 할 만하다"라고 생각될 때
두 팔 벌려 그 감정을 안아주세요.

그 품이 너무 따뜻해서
좋은 날들이
당신에게 더 자주 오고 싶게요.

생각 바꾸기

특별한 이유 없이 우울하다면

특별한 이유 없이 행복할 수도 있는 거 아니에요?

때로는 실수도 하고

가끔은 외롭기도 하고

조금은 부족한 면도 있지만

당신이 소중한 건 변함없어요.

터널

우리 삶에서 중요한 순간들은 터널과 같아요.

얼마나 왔는지 또 얼마나 가야 하는지
어두운 터널 속에 있는 것처럼 알 수가 없죠.

그래서 노력이 많이 들어간 일은
오히려 막막함을 주고
잘하고 있는 건지 매 순간 고민하고
답답한 감정들이 드는 거예요.

그래도 주어진 것을 열심히 해냈다면
하루 끝에서 너무 우울해하지 마요.

당신이 힘들다는 것은
오늘 나아가야 할 만큼 충분히 전진한 것이고
지금 눈에는 안 보이겠지만
출구에 가까워졌다는 뜻이니까요.

하루아침에 모든 것을 해결하고
빛을 보고 싶지만 그럴 수 없다는 걸 알잖아요.

차근차근 오늘 할 일만 해보는 거예요.
아닌 것 같고 걱정스러운 마음은
어둠이 주는 막연한 생각들이니까
잠시 무시해요.

당신, 지금까지 잘해왔어요.
당신, 잘하고 있고 많이 왔어요.
다 왔어요.

조금만 더 가보는 거예요.
알잖아요.
가치 있는 것들은 완성하려면
시간이 좀 걸린다는 걸.

문 열어보기

행복해지고 싶나요?

누구나 그럴 거예요.
창문을 열고 환기를 해야
집 안 공기도 좋아지듯이
행복을 위해서 마음의 환기가 필요해요.

아픈 일 많아서 두렵겠지만
상처가 아직 아물지 않아서 겁나겠지만
마음을 조금만 열어봐요.

큰 다짐으로 마음을 열고
새로운 환경이 주어지면
생각보다 괜찮을 거예요.

생각하지 못했던 것들이
당신 주변으로 다가오면

지금껏 당신을 괴롭힌 것들이
자연스레 멀어질 테니까요.

너무 어둡게 있지 마요.
문을 '쾅' 닫고 외롭게 있기에는
당신은 소중한 사람이에요.

좋은 방황

매일 밤 졸린데 잠들기 아쉽죠?

할 일이 남은 것도 아닌데
내일이 끔찍하게 싫어서 그런 것도 아닌데
왜 그럴까요?

좋은 생각, 나쁜 생각
여러 가지 생각들이 많아지고
아무래도 방황하고 있나 봐요.

근데 좋게 생각해봐요.
젊으니까 방황도 할 수 있는 거잖아요.

너무 현실에 치이지 말고 더 큰 꿈도 꾸면서
"내일부터는 달라져야지!"라고 다짐할 수도 있어요.

부족해서 방황하는 게 아닐 거예요.
더 나다운 삶을 만드는 과정에 있는 거고
너나 할 것 없이 그래요.
너무 불안해하지 마요.

이 과정들이 지나면 생각보다 조금 힘들고
과분하게 행복할 일만 남았으니까.

당신의 삶이
지금보다 더 자연스러워질 거예요.

씨앗

너무 힘들어서
내 마음속에

'난 할 수 있다'
'좋은 결과가 있을 거다'
'난 혼자가 아니다'라고
긍정을 심어놓았다.

머지않아
꽃이 피면 좋겠다.

말의 힘

할 수 있다고 말한다고
모두 다 할 수 있는 건 아니지만

할 수 없다고 생각해버리는 순간
절대로 할 수 없게 된다.

네게 말하면

예쁘다고 말하면

너는 웃고,

그 모습을 보면

나는 또 예쁘다고

말해주고 싶고.

좋은 사람과 통하는 사람

좋은 사람들과
자주 인연이 되는 사람은
본인이 좋은 사람이라 그래요.

아무리 인연이 닿아도
좋은 말이 오가지 않고
생각의 공통점이 없다면
가까워질 수가 없어요.

좋은 사람을 끌어당기는 사람,
그런 사람인 당신은
정말로 좋은 사람이고
예쁜 삶을 살아가고 있네요.

웃는 마음으로

힘들 때마다 행복했던
기억을 떠올리세요.

당신 마음이 울상이면
좋은 일이
당신에게 다가가기 어려워해요.

웃는 마음으로 기다리세요.
그런 당신의 노력은
웃음이 저절로 나오는 일들을 불러올 거예요.

그다음엔 노력하지 않아도
웃는 날이 이어지는 삶이 될 거고요.

이번 주말은

이번 주말은

바쁘게 지내고 싶지 않다.

사람 많은 카페

유명한 곳을 찾아가기보다

네 예쁜 얼굴 보며

누구보다 게으르게

함께이고 싶다.

떠나고 싶을 때

잠이 올 때 가장 좋은 방법은
자는 거예요.
배가 고플 때 가장 좋은 방법은
무언가를 먹는 거고요.

그럼 여행을 떠나고 싶을 때는
어떻게 하는 게 가장 좋을까요?

당연히 여행을 떠나는 거죠.

상황마다 다르겠지만 보통은 당장 갈 수 없으니
일정과 비용을 계산해서 여행 계획을 세우죠.

여행을 떠나기 때문에 행복한 게 아니라
하루하루 다가오는 좋은 설렘을 느끼며
지친 일상에서 힘을 낼 수 있는 거예요.

꼭 여행이 아니어도 좋아요.

당신이 가장 좋아하는 것을
당신에게 가장 큰 행복을 주는 것 하나를
목표로 두어보세요.

우리,
바라만 봐도 좋은 것
하나쯤은 꼭 가지고 살아요.

한꺼번에 일어나라

안 좋은 일은 한꺼번에 일어나요.

안 좋은 일들이 하나씩만 생기면
감정을 다스릴 수 있을 것 같은데
무겁고 답답한 일들이 한꺼번에 생겨버리면
감정을 제어할 수가 없어요.

오늘 그 일들을 다 버텨내느라
그래도 그래도 좋게 생각하느라
하나씩 손보고 해결하느라 하루가 다 가버렸어요.

이렇게 보낸 오늘은
좋은 꿈을 꾸며 잘 자고 싶어요.

그리고 내일은 거짓말처럼

좋은 일이 한꺼번에 생겼으면 좋겠어요.

그렇게

누가 어떤 말을 해도
받아들이는 건 내 노력이에요.

지금이 너무 힘들면
도저히 마음이 열리지 않고
지친 상태가 오히려
편하다고 느낄 수도 있어요.

하지만 지금이 싫고
무기력한 내 모습이 아쉽고
변하고 싶다는 생각이 있다면

그 말들을 받아들이고

조금씩 변하게 되고
작은 것들이 잘 풀리고
긍정적으로 생각하게 되고

그렇게 행복하게 돼요.

내일은 말이죠

자신이 생각하는 가치의 우선순위에 맞춰
살고 있나요?

하루하루가 똑같고
허무하게 흘러가는 것 같다면
무게중심이 제대로 잡히지 않아서 그럴 수 있어요.

가치의 우선순위를 정해 보세요.

남에게 인정받는 삶 말고
스스로 잘했다고 말할 수 있는 삶을 만들어보는 거예요.

돈을 많이 버는 게 목표라면
다른 즐거운 일을 잠시 접어두고
일정 기간 돈을 버는 데만 집중해보세요.

애매하게 하고 싶은 거 하면서
돈은 돈대로 모으지 못하고
또 만족도 제대로 느끼지 못하면
마음이 공허해져요.

여행을 다니는 게 인생의 중요한 목표라면
차근차근 저축하고 시간 내서 자주 떠나요.

여행을 가고 싶은데 옷 사느라 술 먹느라
애매하게 돈 쓰고 막상 시간이 났는데
떠나지 못하면 너무 허무하잖아요.

목표가 사람이라면 많이 베풀고 만나세요.
일에도 집중 못하고 사람에게도 집중 못하며
시간만 흘러가면 아쉽잖아요.

"돈 버는 일에만 집중했는데 막상 허무하면 어떡해요?"
"여행 많이 가봤는데 생각보다 즐겁지 않으면 어떡해요?"
"사람들에게 베풀어 봤는데 후회만 몰려오면 어떡해요?"라고
묻는 사람들이 있습니다.

해보지 않았으니 그 누구도 알 수 없죠.
해봐야 알겠죠.

제가 겪은 경험을 말해볼게요.
스스로 생각하기에 '이건 아니다' 싶은 여행을
간 적이 있었어요.
그 여행을 계획하고 항공권을 사면서도
'내가 지금 뭘 하고 있는 거지'라는 생각만 들었죠.

지금이야 내가 뭘 느끼고 싶고
뭘 보고 싶은지 확실히 정하고 여행지를 정하지만
그 당시에는 그렇지 못했죠.

그런데 그 여행을 다녀오고 나니
너무 좋은 선택이었다고 생각이 바뀌었어요.

좋은 기억으로 남아서 다행이지만
후회가 되는 여행일 수도 있었죠.
심지어 '이제 여행 가지 말아야지'라는
생각이 들 수도 있었겠죠.
다녀오기 전에는 아무도 알 수 없으니까요.

그런 경험과 도전은 내 가치를 확인하는 일이니까요.
실행으로 옮겼을 때도 마음이 변하지 않는가를
검증하는 시간이니까요.

지금 내가 어디로 가는지
왜 가는지 잘 가고 있는지 의문점이 많다면
명확한 목표가 정해지지 않아서 그래요.

스스로 한 번 정해보세요.

지금 생각했을 때 자신의 목표가 무엇인지
가장 중요한 게 무엇인지
남이 봤을 때 '잘했다' 하는 거 말고
스스로 봤을 때 '잘했다' 하는 게 뭔지

생각하는 시간을 가져보세요.

겪어봤을 때 좋은 마음이 남았다면
그쪽으로 좀 더 구체적인 목표를 세운 뒤
움직이고 노력하면 되고
막상 해보니 후회가 남았다면
목표를 수정하면 되는 거예요.

경험하고 나서 더 다가가거나 수정하는 것은
아주 정상적이고 건강한 성장이에요.

내일은 이미 보낸
오늘을 반복하는 날이 아니라
새롭게 주어지는 기회의 날이에요.

내일은

진정으로 당신이 꿈꾸는 모습에

가까워지기를 바랄게요.

내 할 일

길고 힘들었던 하루에

나는 네 편을 들어주고

고생했다고 말해주고

넌 조금은 괜찮아지고

오늘은 잘 자게 되고.

앞날

실망하지 말고

무너지지 마라.

당신을 바꿀 날은

얼마든지 남아 있다.

세 가지

살면서 느낀 것

1. 맞는 사람은 처음부터 맞다.

2. 기대하지 않으면 편하다.

3. 내 걱정은 내가 한다.

갖춘 사람

배울 점이 있는 '모습'을
갖춘 사람을 만나세요.

가르치려는 '말투'만
있는 사람 말고.

마음의 선택

순간이 편한 선택과
마음이 편한 선택이 있습니다.
처음에는 어렵겠지만
마음이 편한 선택을 늘려가야 합니다.

잠

걱정하느라
잠 못 자게 하는 사람 말고

너무 행복해서
잠 안 오게 하는 사람 만나.

과소비

쓸데없는 과소비는
물건이라도 남는데

쓸데없는 감정 소비는
후회만 남더라.

마음 문제

올 사람은
길을 만들어서라도 오고

안 올 사람은
네비 찍어줘도 안 온다.

항상

눈 뜨면 좋은 생각을 할 것.

시작하기 전에 걱정하지 말 것.

나에게도 남에게도

예쁜 말을 많이 해줄 것.

내 시간, 내 시기

여행? 퇴사? 휴식?
그런 거 정해진 시기 없어요.

당신이 하기로 마음먹었다면
그때가 가장 좋은 시기입니다.

나의 좋은 사람

마음이 안 맞는 몇 명 때문에
너무 아파하지 마세요.

앞으로 당신 인생에
좋은 사람은 셀 수 없이 많으니.

사랑도 일도 꿈도

당신은 아직 어리다.

그래서 괜찮다.

사랑도 일도 꿈도

다 다시 시작해도 된다.

나 지키기

누군가를 얻으려고

나를 잃는 건 안 돼.

평범히 살고 싶어
열심히 살고 있다